Sendezeit

Mette Newth

SENDEZEIT

Deutsch
von Gabriele Haefs

Verlag Sauerländer
Aarau · Frankfurt am Main · Salzburg

Berücksichtigt neue Rechtschreibregeln

Mette Newth
Sendezeit

Deutsch von Gabriele Haefs
Einbandgestaltung von Joachim Knappe

(Titel der norwegischen Originalausgabe: *Sendetid*)
First published by N. W. Damm & Søn, Oslo

Printed in Germany
ISBN 3-7941-4342-6
Bestellnummer 01 04342

Die Deutsche Bibliothek – CIP-Einheitsaufnahme

Newth, Mette:
Sendezeit / Mette Newth. Dt. von Gabriele Haefs.-
Aarau; Frankfurt am Main; Salzburg: Sauerländer, 1998
Einheitssacht.: Sendetid <dt.>
ISBN 3-7941-4342-6

KAPITEL 1

Plötzlich fuhr Casper aus dem Schlaf hoch.
Und ebenso plötzlich war sein Traum weit weg. Aber die Unruhe ließ ihn nicht los. Unruhe, so fern wie ein Echo, weit, weit weg. Das Echo einer dünnen Stimme. Hatte sie um Hilfe bitten wollen? Da war er sich nicht sicher. Hatte er diese Stimme irgendwo gehört? Da war er sich fast sicher. Die Stimme erinnerte an ... Er warf die Bettdecke beiseite und ging zum Fenster. Dort lag das Band mit der Aufnahme vom letzten SPUCK'S AUS. Wie immer freute er sich darauf, ihre Sendung noch einmal zu hören. Was sie im Radio geschafft hatten. Er und Cato und Carina. Die DREI-C-Bande. Aber er wollte auch das suchen, was ihm unruhige Träume brachte.

SPUCK'S AUS war ursprünglich die »tönende Zeitung« der Klasse gewesen. Auf diese Idee war Lehrer Hansen gekommen, der einfach immer am Radio hing.

»Wer hat die größte Macht in der Gesellschaft?«, fragte Hansen und gab selbst die Antwort: »Die Medien! Und deshalb müsst ihr jungen Leute die Medien benutzen. Eure eigene Zukunft steuern!«

Das klang überzeugend. Aber auch überwältigend. Niemand aus der Klasse hatte freiwillig an der »tönenden Zeitung« mitarbeiten wollen. Obwohl Hansen damit lockte, dass es ein *offizielles Unterrichtsprojekt* sein sollte. Das bedeutete Noten für ihre Sendungen und weniger Hausaufgaben. Für Casper klang das verlockend. Aber nicht verlockend genug um sich zu melden. Hansen hatte aber offenbar gemerkt, dass Casper schwankte.

»Casper scheint Lust zu haben«, sagte Hansen. »Also fehlen uns nur noch zwei. Carina und Cato? Ihr fangt doch alle mit C an. DREI-C. Witzige Idee, nicht wahr?«

Niemand lachte.

Casper, Cato und Carina musterten einander verstohlen. Peinlich berührt und unsicher. Sie gingen zwar in dieselbe Klasse, aber sie kannten sich im Grunde nicht.

Zuerst war alles nur Chaos. Sie begriffen nicht, was das alles sollte. Sie wussten nicht, was sie wollten. Und sie konnten sich nicht einig werden. Carina meinte, ihre »Zeitung« müsse *Appell* haben. Das hatte ihre Mutter gesagt. Die arbeitete nämlich bei einer echten Zeitung und wusste genau, was *das Publikum will.*

»Das Publikum will Musik«, sagte Cato erleichtert.

»Viel Rap und Heavy. Das finden die Leute in der Klasse scharf.« Endlich waren sie sich einig.

»Bloß ist Hansen ja leider *Norwegischlehrer!*«, sagte Carina.

Und das Chaos ging weiter, bis Casper die Idee zu SPUCK'S AUS hatte. Es war ganz einfach. Die Leute sollten ihre Meinung aus-

spucken. Und in der Klasse gab es alle möglichen Meinungen. Vor allem nach der Schule. Über ganz andere Dinge als Hungersnot und Afrika und saubere Luft.
»Wir brauchen starke Themen«, sagte Casper.
»Die Leute rufen uns an. Und wir nehmen das auf Band auf«, sagte Cato.
»Aber *wir* entscheiden, was mit in die Sendung kommt«, sagte Carina. »Sonst gibt's nur Chaos.«
Auch da waren sie sich einig.
Und sie wollten viel Musik spielen. Und Witze machen.

Die Ausrüstung konnten sie in der Schule leihen, dafür sorgte Hansen. Die Ausrüstung war spitze. Mehr als gut genug für ihre »tönende Zeitung«.
»Dafür haben sie Geld, ja«, sagte Carina spitz. »Aber die Wände in unserem Klassenzimmer können keinen neuen Anstrich kriegen.«
Cato und Casper schwiegen. Jetzt konnten

sie loslegen. Da brachte es doch nichts, über nicht gestrichene Wände herumzunerven.

Zuerst mochte niemand aus der Klasse mitmachen.
»Ehrenwort, es werden keine Namen genannt!«, versprach Casper.
Und dann kam Leben in die Sache. Die Telefone klingelten sich heiß, die Bänder liefen zu Hause bei Cato, Casper und Carina. Und schon für ihre erste »Zeitung« hatten sie starke Meinungen genug.

Sie brauchten fast die ganze Nacht um ihr Material auszusuchen. Und den halben Tag zum Schneiden und Mischen. In der vierten Stunde spielten sie ihre Sendung. Die Klasse hörte zu. Casper, Cato und Carina brach der kalte Schweiß aus. Aber die Sendung kam sehr gut an.
»Spitze«, sagten die einen.
»Mehr«, sagten die anderen.
»Originell«, sagte Hansen. Er räusperte sich.

»Fast wie Ihre Aufsatz-Themen, nicht wahr?«, fragte Carina schnell.
»Nicht ganz, Carina«, antwortete Hansen. »Das hier ist mehr ... hm ... frisch von der Leber weg. Aber alle können ja meinen, was sie wollen.«
Was meinte er mit »frisch von der Leber weg«?
Sie blickten Hansen fragend an.
Er sah verlegen aus, als er antwortete: »Frisch von der Leber weg ohne Rücksicht auf andere zu nehmen. Was für euch witzig ist, ist für andere verletzend. Das ist euch doch klar?«
Aber er wollte mit SPUCK'S AUS weitermachen. Und bald hörte die ganze Schule zu.

Kurz vor den Ferien passierte dann etwas ganz Fantastisches. Der Bruder von Kai aus der 9b arbeitete beim Lokalradio. Er hatte von der Sendung gehört und kam in die Schule.
»Sehr gut«, sagte Kais Bruder. »Voll ins Schwarze, was unsere Hörer angeht. Ihr

könnt bei uns mitmachen. Richtig senden. Profis werden. Jede Menge Leute in eurem Alter erreichen.«
Er war bestimmt schon zweiundzwanzig und hatte den Kopf kahl geschoren. Er hatte einen Ring in den Ohren und trug schwere Stiefel.
Casper und Cato glotzten ihn an. Natürlich wollten sie mitmachen! Carina zögerte.
»Ich mag den Typen nicht«, sagte sie sauer. »Habt ihr nicht die Abzeichen an seiner Jacke gesehen, oder was?«
Sicher, aber das hier war ihre Chance.

In diesem Herbst machten sie jede Woche ein SPUCK'S AUS. Sendeten starke Meinungen, fetzige Musik und fetzige Witze. Die Telefone liefen heiß, sie bekamen körbeweise Briefe. Und sie hatten immer mehr Zuhörer. Das ganze Lokalradio freute sich. Casper, Cato und Carina waren ihre neuen Stars.

KAPITEL 2

Casper ließ das Band mit SPUCK'S AUS laufen, drehte die Lautstärke ganz hoch und wanderte ins Badezimmer. Die Lautstärke war jetzt kein Problem. Seine Eltern machten einen langen Spaziergang.

Casper goss Schaum in die Badewanne und ließ leise Wasser einlaufen. Er wollte nichts verpassen. Jetzt kam der Anfang von SPUCK'S AUS, sein gerapter Anfang. Und der war gut, das wusste er.

Casper döste in grünen Schaumwolken vor sich hin und wartete. Nun kam der erste Anruf, Cato nahm ab. Cato war immer der Erste. Er konnte am besten mit Leuten umgehen, die nur Sprüche klopften. Oder blau waren. Mitten am helllichten Tag. Und das konnten sie doch nicht senden, meinten

die Leute vom Lokalradio. Der erste Anrufer nannte sich »Ola Norweger«.
Der nimmt ja wirklich kein Blatt vor den Mund, dachte Casper und wartete auf den nächsten Anruf. Er wusste noch, dass der noch heftiger gewesen war. Das war immer so. Wenn erst einer den Mut gefasst hatte und seine Ansichten ausspuckte, dann kamen auch bald andere. Es war seltsam, dass so viele Leute anriefen, die schon ziemlich alt waren.
Das soll doch eine Jugendsendung sein! Casper kicherte und bohrte die Zehen in eine dicke Schaumwolke. Aber Norwegen ist ein freies Land. Hier können alle meinen, was sie wollen. Und wo sie wollen. Und das ist gut so.

Da. Da kam der Anruf, auf den er gewartet hatte. Er konnte sich noch gut daran erinnern. Eine Stimme von weit her. Kurzes Piepen zwischendurch. Der Anruf kam aus einer Telefonzelle. Rauschen in der Leitung, Autolärm. Die Stimme war dünn und schwach; was sie sagte, war nicht zu verstehen. Carina war mit Antworten an der Reihe. Casper hörte, wie sich ihre Stimme änderte. Sie klang jetzt überhaupt nicht mehr lustig. Mit scharfer Stimme forderte sie die Anruferin auf lauter zu reden, damit sie sie verstehen könnten.

Sie hörten, dass das Mädchen sich Mühe gab lauter zu sprechen. Aber sie verstanden trotzdem nichts.
»Lauter!«, rief Carina. Ärgerlich und ein bisschen ängstlich.
Als Antwort kam nur ein leises Miauen. So ein Geräusch, wie Katzen es machen, wenn sie schlimme Schmerzen haben. Und dann waren nur noch die Verkehrsgeräusche zu hören.
Das Ganze hatte nur dreißig Sekunden gedauert. Hinter der Glaswand blickte sie der Tontechniker fragend an. Cato gab ihm ein Zeichen. »Bring ein richtig fetziges Stück!«
Die Zuhörer hatten wohl nichts gemerkt. Bestimmt nicht.

Plötzlich kam Casper das Wasser kalt vor. Die Schaumwolken waren in sich zusammengefallen. Sie sahen aus wie Creme von einem Kuchen, der zu lange in einem warmen Zimmer gestanden hat. Casper verspürte eine prickelnde Unruhe. Das Echo seines Traums zerrte an seiner Erinnerung. Doch, er hatte diese Stimme schon früher gehört. Zweimal. Sie hatten sie alle drei gehört.

Casper stieg ganz schnell aus der Badewanne und rubbelte sich trocken. Nun war ihm wieder warm. Das Tonbandgerät brüllte das fetzige Stück.

Casper dachte an die Blicke der beiden anderen, als die Stimme des Mädchens verstummt war. Unsicher. Verlegen. Ängstlich. Und genau so hatte er sich auch gefühlt. Aber er hatte gesagt, das alles sei nicht der Rede wert. Bei ihnen riefen doch dauernd irgendwelche Verrückten an, oder etwa nicht? Damit mussten sie leben.

Carina hatte besorgt ausgesehen. Ihre Stimme war spitz wie eine Nadel, als sie sagte: »Darum geht es ja wohl nicht!«

»Was soll denn der Nervkram schon wieder?«, hatte Casper sie angeblafft.

Er hatte sich schlimmer angehört, als es gemeint gewesen war. Casper und Cato zogen Carina immer auf, weil sie sich so leicht aufregte. Casper wusste noch, dass ihr Mund vor Wut zu einem schmalen Strich geworden war.

»Du weißt, was ich meine, Casper Großkotz«, sagte sie leise. »Die will was von uns. Versucht uns um etwas zu bitten!«

Cato schaltete sich ein. »Jetzt lasst den Quatsch! Wir sind gleich wieder auf Sendung!«

Der Tontechniker brummte, sie sollten sich zusammenreißen.

Aber ehe das Telefon wieder schellte, konnte Carina noch flüstern: »Du weißt doch, das war schon das dritte Mal! Oder was, Casper?«

Er spürte noch den Stich, den ihm das versetzt hatte. Ja, es war das dritte Mal gewesen. Und die früheren Anrufe waren fast genauso abgelaufen. Bloß hatten sie nicht darüber gesprochen.

Das Band lief und Casper zog seine Hose und das T-Shirt mit dem Aufdruck SPUCK'S AUS an. Er hörte nicht mehr zu. Es war doch gar nichts *passiert*. Ein Mädchen hatte eben dreimal angerufen. Und Casper freute sich nicht mehr darauf, sich nach der Sendung alles noch einmal in Ruhe anzuhören.

Er wollte auf sein Rad springen und eine lange Tour fahren. Vielleicht begegneten ihm ja seine Eltern oder irgendwelche Bekannten. Und unterwegs wollte er an etwas Schönes denken. Vielleicht an seinen Rap für das nächste SPUCK'S AUS.
Als er gerade die Tür zuschlagen wollte, klingelte das Telefon. Er zögerte. Ob er hingehen sollte? Es musste ja nicht unbedingt Carina sein.
Doch. Er kannte sie ja schließlich. Sie

wollte bestimmt über die Sendung reden. Sich aussprechen, so nannte sie das. Sich streiten, so nannte er das.
Er knallte die Tür ins Schloss. Und durch die Tür hörte er das Telefon leise klingeln. Es klingelte noch lange.

KAPITEL 3

Die Telefonzelle stand einsam am Straßenrand. Langsam ging sie darauf zu. Hatte Angst, das Telefon könne defekt sein. Das war oft der Fall. Sie standen einfach da und waren tot. Die Hörer waren abgerissen. Die Fenster eingeschlagen. Das Telefonbuch geklaut. Manchmal grinsten sie auch die leeren Telefonbuchdeckel spöttisch an. Sie zitterte schon wieder. Das Telefon musste einfach funktionieren. Das Telefonbuch musste da sein. Ganz. Leserlich. Es *musste*. Auch wenn sie gar nicht wusste, ob sie sich trauen würde.

Es war scheußlich hier, fand sie. Plattes Land, öder Wald. Hohe magere Kiefern, spitze schwarze Tannen. Nichts war so wie bei ihr zu Hause. Hier war alles gerade und ordentlich. Große Felder. So gerade wie Zeichenblöcke. Gerade Zäune. Gerade Häuser.

Gerade Straßen. Und auch gerade Menschen, überlegte sie sich. Jedenfalls kamen sie ihr so vor. Ordentliche Kleider. Leere Gesichter. Ohne Lächeln, ohne Wut, *ohne Blut und Tränen.* NEIN! Daran durfte sie nicht denken. Durfte nicht. Sonst hätte sie keinen Mut mehr.

Jetzt stand sie vor der Tür der Telefonzelle. Sie streckte die Hand aus um die Tür zu öffnen, ließ sie dann aber sofort wieder sinken. Reflex!, dachte sie wütend. Ihre Knie zitterten. Unsinn!, hielt sie sich vor. In Norwegen passiert das nicht, *dass du eine Tür öffnen willst und dann geht die Bombe hoch und dein Arm wird abgerissen oder du wirst überhaupt in Fetzen gesprengt.*

Langsam öffnete sich die Tür. Sie quietschte. Die Leitung war heil. Das Freizeichen brummte in ihrem Ohr. Und da hing das Telefonbuch, heil. Voll von winzig kleinen fremden Namen. Rasch blätterte sie mit steifen Fingern darin herum.

J...J...Jens...Jensen...Jensrud. Sie wusste, wie er hieß. Das hatten sie nach der Sendung gesagt. CASPER JENSRUD hieß er. Aber wenn jetzt nicht sein Name im Telefonbuch stand, sondern vielleicht nur der seines Vaters?

Es gab eine ganze Seite voller Jensruds. Ihr Finger kroch langsam über die Namen. Er hinterließ eine feuchte Spur. Wie die einer Schnecke.
Sie schauderte. Sonst lief ihr nicht wegen jeder Kleinigkeit der kalte Schweiß den Rücken hinunter und klebte ihr die Haare an die Stirn. *Aber das hier war keine Kleinigkeit. Das hier war riesengroß. Das hier war fast nicht auszuhalten!*

Sie zwang sich dazu weiterzusuchen, obwohl sie es schon wusste. Kein Casper. Kein Vorname mit C. Nichts.

Das Telefonbuch schloss sich mit einem müden Seufzer. Sie öffnete die Tür und ging hinaus. Holte tief Atem. Rang gierig nach Luft, dann ließ sie sich zu Boden sinken, mit dem Rücken zur Tür. Die Sonne war jetzt kälter und die Schatten waren lang und blau.

Es musste doch möglich sein, ihn zu finden! Ihre Hand stahl sich in ihre Jackentasche. Steife Finger fanden ein Stück Papier. Das Bild!
Das Bild hatte sie aus der Zeitung ausgeschnitten. Sie wusste noch, dass dort etwas über die drei gestanden hatte. Über Casper, Carina und Cato, die sie anlachten, und darüber stand: *Junge Stars.* Unter dem Bild stand dann noch mehr über SPUCK'S AUS und schließlich: *Diese drei jungen Leute sind der Stolz des Fjellveis.*

Zum ersten Mal ein bisschen Glück! Das muss etwas bedeuten. War vielleicht ein Zeichen. Vielleicht konnte er helfen. Gerade er. Denn *er* musste doch verstehen, wie ihr zumute war.

Rasch schlug sie wieder die Seite mit den Jensruds auf. Im Fjellvei gab es nur einen. Mit einem Vornamen, den sie nicht aussprechen konnte. Das war bestimmt sein Vater. Ganz bestimmt, redete sie sich zu, als sie die Münze in den Schlitz warf und den Hörer abnahm.

Die Münze wäre ihr fast aus der Hand gerutscht. Sie wählte die Nummer. Zuerst verwählte sie sich. Und dann traute sie sich nicht.
Sie wählte noch einmal und kniff die Augen zusammen. Es schellte und schellte. Sie ließ es klingeln, bis ihr das Geräusch wie ein Messer in die Ohren schnitt.

KAPITEL 4

Carina hatte die Tür zu ihrem Zimmer zugeknallt. Aber deshalb drehten die anderen den Fernseher nicht leiser. Vielleicht begriffen sie nicht oder wollten nicht begreifen. Es ging um Pål. Das war immer so, wenn Pål ein seltenes Mal nach Hause kam. Dann ließen sich die Eltern alles gefallen. Ließen sich nichts anmerken. Stellten keine Fragen.
Sie tun alles um ihn zu halten, dachte Carina. Haben immer Angst, Pål könnte etwas passieren. Er könnte zu den Autonomen gehen oder zum Junkie werden oder so, aber vor allem hatten sie Angst, dass er einfach nicht mehr wiederkommen würde. Nie mehr. Ohne zu sagen, wo er war.
Und Pål ließ sich oft lange nicht sehen. Hielt sie gefangen in ihrer Angst vor dem Allerschlimmsten. Vor dem, das sich nicht wieder gutmachen lässt.

Aber Carina wusste, dass ihr großer Bruder Pål nicht in Gefahr war. Der machte einfach eine Weile mit und zog sich dann zurück. Denn Pål hatte Angst vor Ärger. Und vor Schmerzen. Das wusste Carina schon seit langem. Das hatte sie ihm auch an den Kopf geworfen.
»Du hast gut reden«, hatte er als Antwort geschrien. »Du bist so toll und hast so eine große Klappe. Du bist die Beste in der Klasse und außerdem ein Mädchen! Verdammte Goldgöre!«
So nicht, hatte Carina wütend gedacht. Aber sie hatte nichts gesagt. Und Pål auch nicht. Und ihre Eltern hatten weiterhin grundlos Angst.

An diesem schönen Herbsttag gab sich die Sonne alle Mühe um zu zeigen, wie schön die Welt trotz allem ist. Und Carina wollte gern einen Ausflug in den Wald machen. Zu viert. Wie früher. Aber Pål wollte nicht und sofort gaben die Eltern nach und sahen sie nur bittend an.

Und Pål setzte seinen Willen durch. Sie saßen vor dem Fernseher und sahen ein Kriegsvideo nach dem anderen. Die Mutter nickte ein, der Vater erzählte von den Flugzeugen, die er in den alten Zeiten geflogen hatte. Pål drehte den Fernseher lauter und verschwand im Krieg. Und Carina saß lange daneben. Ihren Eltern zuliebe.
Bis sie Kopfschmerzen bekam.

Carina knallte noch einmal mit der Tür und ließ sich mit einem Buch auf ihr Bett fallen. Aber Lesen war unmöglich. Gewehre knatterten und Bomben heulten und dann krachte es ganz grauenhaft. Die Hubschrauber waren am schlimmsten, ihre Rotoren summten swisch, swisch, swisch. Schwere Stahlkörper hingen über den Bäumen und warteten auf ihre Beute wie böse Raubvögel.

Auch als sie die Decke über den Kopf zog und den Kopf unter ihr Kissen steckte, drangen diese Geräusche zu ihr durch und zeigten ihr all das Böse, was sie nicht sehen wollte. Brennende Kinder, weinende Mütter, Väter mit leeren, blutüberströmten Gesichtern, Betten mit zerfetzten Menschen. Fliegen. Dreck. Schwarzes Blut. Tod.

Sie rannte zur Tür und schrie: »Macht das leiser!«
Im Wohnzimmer war nicht mehr ganz so viel Lärm.
Jetzt hatte sie es getan. Hatte Pål kritisiert. Ihm einen Grund gegeben wieder zu verschwinden. Aber das war ihr schnurz.

Carina saß am Fenster und starrte in den Sonnenuntergang. Sie sah die Reihen von Wohnblocks. Weiß und sauber. Die Balkons mit Blumen geschmückt. Hinter den Fenstern beruhigendes Licht. Gelb oder Fernsehblau. Reife Kornfelder wogten vor dem Waldrand und der Wald zeichnete sich schwarz vor dem Himmel ab.

Irgendwo dort draußen war ein Mädchen

mit einer dünnen Stimme, wie der Stimme einer verängstigten Katze. Was will sie? Warum ruft sie an? Warum ruft sie gerade bei *uns* an?

Carina musste das einfach herausfinden. Sie holte sich die Aufnahme vom letzten SPUCK'S AUS. Sie hatte sie sich noch nicht angehört. Nicht immer hörte sie sich die Sendungen noch einmal an. Sie fand das peinlich und ich-geil. Aber sie hörten sich ja nicht selber, wenn sie auf Sendung waren. Ihre Mutter sagte, sie sollten alles noch einmal laufen lassen um aus ihren Fehlern zu lernen. Die Profis machen das so, sagte sie.

Schnell ließ Carina das Band zu Caspers Anfangs-Rap vorlaufen. Casper war spitze. Nur wusste er das ein wenig zu gut. Carina spulte weiter. Vorbei an dem Mann, der Norwegen sauber halten wollte, und an dem, der sich über »fremden Geruch« im Treppenhaus beklagte. Danach hatte das

Mädchen angerufen. Da! Da war sie. Leise Stimme. Kurzes Piepsen aus der Telefonzelle. Rauschen in der Leitung und Autolärm. Und dann sagte das Mädchen etwas und sie hatten es nicht verstanden.

Carina wurde rot, als sie hörte, wie scharf ihre eigene Stimme klang, als sie das Mädchen aufforderte lauter zu sprechen. Das Mädchen hatte es versucht, aber Carina hatte noch immer nichts verstanden. Und sie verstand auch jetzt nichts. Sie ließ das Band zurücklaufen und hörte sich alles noch einmal an. Drehte lauter. Verstand nichts. Sie wühlte zwischen ihren SPUCK'S AUS-Bändern und fand die beiden anderen Anrufe des Mädchens. Carina spulte, lauschte und suchte.

Hier war der erste Anruf. Auch ganz leise. Einfach nicht zu verstehen. Carina hörte sich das andere Band an. Auch nicht besser. *Aber da!* Die Spannung durchzuckte sie wie ein leichter Stoß. Jetzt wusste sie immerhin eines! Das Mädchen war keine Norwegerin! Das hörte Carina an ihrer Aussprache. Sie war fremd hier. War sie nur einsam? Oder musste sie leiden? Carina wusste es nicht. Aber das Mädchen bat um Hilfe. Das stand fest. Das hatte sie sagen wollen. Bloß hatten die anderen es nicht verstanden.

Plötzlich kam Carina sich sehr allein vor. Ihre Mutter fehlte ihr. Ihre Mutter, die immer verstand, was Carina quälte, und die immer einen Rat wusste. Aber jetzt konnte sie nicht mit ihrer Mutter sprechen. Die dachte ja doch nur an Pål.
Ob sie Casper anrufen sollte? Nein, nicht Casper. Der würde doch nur glauben, sie wollte wegen der Sendung herumnerven. Carina mochte Casper gern. Aber es ärgerte sie, dass er immer alles ganz toll fand. Immer mitmachte. Ohne selber zu denken. Und Cato?
Cato, der nur Musik im Kopf hatte und deshalb anderen nie zuhörte. Aber Cato hatte sie gestern angesehen. Nachdem das

Mädchen angerufen hatte. Lange. Als ob ihre Stimme ihm wehgetan hätte.

Carina ging in die Diele und nahm den Hörer vom Telefon.

KAPITEL 5

Cato wurde aus der Musik herausgerissen und rannte auf den Flur.
Sein Vater war sauer.
»Cato! *Catooo!* Jetzt geh schon ans Telefon!«
Der Walkman hing Cato um den Hals. Er hob den Hörer ans Ohr. Das Musikstück summte in seinen Ohren wie wütende Wespen.

Sein Vater ging sonntags nie ans Telefon. Sein lieber Vater wurde sonntags böse. In der Woche hörte er vielen Menschen zu, hörte sich all ihre Sorgen an. Von früh bis spät. Aber Cato wusste, dass sein Vater einen Tag brauchte, an dem er vom Kummer der anderen befreit war.
Cato selber hätte niemals so leben können wie sein Vater, als Pastor unter Junkies und heruntergekommenen Alkis und unter Nut-

ten beiderlei Geschlechts. Er hätte auch nicht im Jugendknast das Wort Gottes predigen können und sich die Tür vor der Nase zuschlagen lassen. Immer wieder.
Aber sein Vater glaubte daran. Wollte nichts anderes. Nur sonntags wollte er frei haben. Um von seinem freien Ort zu träumen, das wusste Cato. Einem offenen Land mit Bergen, die aussahen wie erst gestern geboren, und einem hohen bleigrauen Himmel. Der Schöpfer hat dem Land seinen Stempel aufgedrückt, Cato. Ich weiß, dass Gott hier ein offenes Ohr hat. Das hatte sein Vater nach dem Sonntag gesagt, als der Anruf mit der kurzen Nachricht gekommen war, die alles geändert hatte. Die Mutter war tot. Allein. Ganz plötzlich, durch einen Zusammenstoß auf eisglatter Straße. Allein, das war das Schlimmste daran. Der Vater und Cato hatten ihr nicht hinüberhelfen können. Cato war sicher, dass ihnen das gelungen wäre. Wenn sie nur Zeit gehabt hätten. Denn nur sie wussten, wie sehr die Mutter sich vor dem Alleinsein gefürchtet hatte.

»Cato, bist du's?«

Es war Carina. Die niemals Angst hatte.

»Ja«, antwortete er kurz. »Was willst du so spät noch?«

»Ich wollte nur ...«

Er hörte, dass sie Lust hatte aufzulegen.

»Warte! Verstehst du ...«

»Ja, sicher«, fiel sie ihm ins Wort. »Entschuldigung!«

»Nicht deine Schuld.« Cato war verlegen.

Es war doch nicht Carinas Schuld, dass er es unerträglich fand, sonntagabends angerufen zu werden. Daran war niemand schuld. Höchstens dieser blöde LKW.

»Was ist los? Spuck's aus!« Das sollte ein Witz sein.

Carina zögerte lange, dann sagte sie: »Genau. Hast du dir unsere letzte Sendung noch mal angehört?«

»Ja.«

Noch eine Pause. Er wartete.

Sie musste es schon selber sagen. Er wollte das nicht wieder aufwühlen. Seit der Sache mit seiner Mutter hatte er sich in Musik er-

tränkt. Jeden Moment mit Geräuschen gefüllt. Sein Walkman war ihm fast schon an den Ohren angewachsen. Aber niemand sagte etwas. Sein Vater sagte nichts. Die Lehrer sagten nichts. Die Musik dämpft meine Gedanken, dachte Cato wütend. Die, die immer wieder vor ihm aufloderten: Warum hatten sie keine Zeit gehabt? Und warum gerade Mutter? Schrecklich. Immer wieder. Und ohne Antwort.
Und nie, nicht ein einziges Mal, hatte sein Vater gesagt: *Es war Gottes Wille.* Zum Glück niemals. Darüber brauchten sie sich wenigstens nicht zu streiten.

»Hörst du mich?«, fragte Carina leise.
»Ja. Und ich habe auch die beiden anderen Bänder gehört.«
Er hörte ihr erleichtertes Aufseufzen.
»Was sollen wir machen?«
Ganz vorsichtig kam diese Frage. Wie ein Angelhaken mit einem fetten Köder, dachte Cato. Wenn er den Köder verschluckte, dann würde er festhängen. Sich kümmern

müssen. Verantwortung übernehmen. Er kannte Carina. Sie *meinte* immer irgendwas. Musste immer irgendetwas *tun*. Aber er selber wollte nur wissen, warum seine Mutter mit den fröhlichen Augen nicht mehr da war.

»Willst du nicht antworten?«

Carina war jetzt enttäuscht, das hörte er.

»Sie ist Ausländerin. Vielleicht Flüchtling.«

Jetzt hatte er geantwortet, aber er hing noch nicht am Haken fest.

»Warum meinst du das?«, fragte Carina schnell.

»Das weißt du doch selber!«, antwortete Cato. Fast wütend. »Du hast ihre Stimme gehört, hast gehört, dass sie allein ist und außer sich vor Ang...« Das Wort blieb ihm im Hals stecken.

»Ich wusste ja, dass du das wichtig findest! Ich habe gesehen, wie du mich angeschaut hast!« Carina schien fast froh zu sein.

»Irrtum!«, blaffte Cato. »Ich habe nur geglotzt. Einfach durch dich hindurch. Und jetzt muss ich los.«

»Auf jeden Fall vielen Dank. Wir reden morgen weiter.«
Er warf den Hörer auf die Gabel.

Carina war das einzige Mädchen in seinem Bekanntenkreis, das nie herumschmeichelte. Und nie lächelte oder ihren Busen schwenkte um ihren Willen durchzusetzen. Sie wurde nur in solchen Fällen weich. Wie bei dieser Sache mit der Stimme. Und nun saß er am Haken fest.

Cato hörte hinter sich ein Geräusch und fuhr herum. Sein Vater lehnte in der Türöffnung. Ganz still. Er lächelte. Ein wenig verlegen, fand Cato.
»Verzeih mir, Cato. Ich muss aufhören mich zu fürchten, wenn sonntags das Telefon klingelt.« Zum ersten Mal wagte sein Vater zuzugeben, dass es ihm nicht um seine Freizeit ging.
»Ist schon in Ordnung«, murmelte Cato.
»Stimmt was nicht?« Der Vater ging wieder ins Wohnzimmer.

»Nein. Doch, es gibt ein Problem!«, antwortete er ehrlich.
»Möchtest du darüber reden?«, rief der Vater aus der Entfernung.
Cato musste das also selber entscheiden.
»Noch nicht. Ich muss mir das alles erst einmal überlegen.«

Als Cato an diesem Abend ins Bett ging, wusste er, was sie machen könnten. Und zum ersten Mal schlief er ohne das Krachen eines Zusammenstoßes in den Ohren ein.

KAPITEL 6

Langsam kam die Dunkelheit aus dem schwarzen Wald gekrochen. Langsam tropfte sie vom roten Himmel, kalte, fremde Dunkelheit.
Sie fror an den Händen, an den Füßen, an den Oberschenkeln, außen und innen. Unter ihrer Haut schien eine Eisschicht zu liegen.

Vor Stunden schon hatte sie versucht Casper mit der fröhlichen Stimme anzurufen. Den, der wissen musste, wie ihr zumute war. Den, der sicher versuchen würde damit Schluss zu machen.

Solange es hell war, wollte sie draußen sein. Es war besser, hier draußen allein mit ihrer Angst zu sein, als bei den anderen zu sitzen und deren Angst zu spüren. Eine Angst, die genau wie ihre war. Und doch ganz anders. Und jedenfalls schrecklich. Aber jetzt kam die Dunkelheit, die Dunkelheit, in der sich Hass verstecken konnte, Menschen mit Dingen in den Händen und Tod in den Augen.

Brutale Hände, die ihre Schwester zu Boden rissen, Stimmen, die knurrten, jetzt zeigen wir dir was, du verdammte Sau, und ihre Beine wurden auseinander gerissen und sie heulte zum Himmel hoch, aber nicht lauter als die Bomben. Und in der Dunkelheit versteckt lag sie selber da und presste den Kohlkopf gegen ihre Brust, presste und presste noch immer, als die Schüsse schon längst verstummt waren.

Sie konnte nichts vergessen, hier, in der unbekannten Dunkelheit. Der Dunkelheit, die vielleicht gefährlich war. Sie musste ins Heim zurück. Dort war es hell und warm und es waren zu viele Menschen da. Kein Trost. Nur Angst und Kummer. Aber es war hell und warm.

Sie rannte, bis sie Blutgeschmack im Mund hatte. Vor ihr und hinter ihr lag die Straße. Ohne Ende. Lang, gerade und öde. Ein schwarzes Band voller leuchtender Punkte, die ihr entgegenkamen und an ihr vorbeisausten. Zweimal hupte jemand wütend AUS DEM WEG!
Sie war im Weg. Das wusste sie genau. Ihr war schwindlig und sie schwankte am Straßenrand. Ihr war schwindlig und sie fühlte sich leicht. So war es nun schon seit Tagen. Seit sie nicht mehr aß.

Die mischen uns Schweinefleisch ins Essen nur um uns eins auszuwischen, hatte der Junge gesagt. Der mit den großen schwarzen Augen und dem blassen Gesicht. Sie wusste nicht, ob das stimmte. Aber man wusste ja nie. Die Menschen taten sich gegenseitig schlimme Dinge an, *auch wenn sie gestern noch Freunde gewesen waren oder wenn sie sich schon lange liebten, konnten sie ihren Geliebten eine brennende Benzinbombe durchs Fenster werfen.*

Aber sie hatte keinen Hunger mehr. Sie war nur müde. Todmüde.
Sie stolperte. Der Wagen, der mit kreischenden Bremsen hinter ihr angefahren kam, streifte sie haarscharf, verlangsamte das Tempo und fuhr weiter. Sie stürzte in den Straßengraben und blieb liegen. Sie war wütend auf sich selbst. Warum hatte sie es nicht geschehen lassen? Es wäre nicht ihre Schuld gewesen. Und alles wäre vorbei.

Ein schwarzes Bündel in schwarzem Gras, auf schwarzer Erde, das weint und dann langsam verstummt.

Ob es einen Sinn hatte, es noch einmal zu versuchen? Sie hatte es doch schon dreimal probiert. Und das dritte Mal war schrecklich gewesen. Sie hatte alle Kräfte, allen Mut zusammengerafft, aber er war nicht zu Hause gewesen. Casper mit der fröhlichen Stimme und dem breiten Lächeln. Casper, der sicher begriff, was es für ein Gefühl war, Angst zu haben, unter Fremden fremd zu sein. Das war ihr klar gewesen, als sie sein Bild gesehen hatte.

Jetzt standen keine Sterne am Himmel. Sie kletterte aus dem Graben und ging mit unsicheren Schritten zurück zum Heim, wo die Trauer auf sie wartete.

KAPITEL 7

Casper war montags immer als Erster in der Schule. Er sah zu, wie die Klasse lärmend ihre Plätze einnahm. Die Walkmänner fauchten wütend, ehe sie ausgedreht wurden. Schwere Schultaschen fielen auf den Boden. Laute Stimmen redeten über das Wochenende und vor allem über das letzte SPUCK'S AUS, das freitags um sechs Uhr nachmittags gesendet wurde.

Alle sahen Casper an. Cato und Carina waren noch nicht da. Gut, dachte Casper. Dann konnte er das Lob der Klasse allein genießen. Na gut, eine Runde Ego ist angesagt! Aber die anderen waren selber schuld, wenn sie so spät kamen. Unser Publikum müssen wir pflegen, das sagte Harald immer. Harald war der Chef beim Lokalradio. »Loben können sie uns einfach nicht genug. Davon leben wir ja schließlich.«

Wie immer waren alle einer Meinung.
»Große Klasse!«
»Super!«
»Dass ihr mit all den Verrückten so gut fertig werdet!«
Casper erzählte und die Klasse heulte vor Lachen.
»Was ist mit der Frau, die versucht hat euch anzurufen?«
Das war Tor. Tor mit dem festen Blick. So ein Blick, wie auch Carina ihn hatte. Casper stellte sich taub.
»Die hat doch schon häufiger angerufen, nicht wahr?«
Tor ließ nicht locker. Wie ein Schatten, der die Sonne aussperrt, dachte Casper. Tor war einfach nur neidisch.
»Sicher so eine Tussi, die auf Stars scharf ist.« Er grinste.
»Reichlich abgefahrene Tussi, wenn du mich fragst.«
Wieder heulte alles vor Lachen. Und dann kamen drei Pakistani-Witze. Tor sah Casper lange an. Er lachte nicht. Und auch Casper

lachte nicht. Er fröstelte. Als ob der Schatten in der Sonne unter seine Haut gekrochen wäre.

In diesem Moment kam Carina zur Tür herein. Sie setzte sich auf ihren Platz und warf Casper *den* Blick zu – den Blick, der bedeutete: »In der Pause haben wir etwas zu besprechen.«
Gleich darauf kam auch Cato. Er sah zuerst Casper an, dann Carina, dann wühlte er eifrig in seiner Schultasche herum.
Sieh an, dachte Casper. Etwas ist passiert. Die haben miteinander gesprochen. Ohne mich! Na gut. Sollen sie doch reden. Aber ich will keinen Ärger.

Und dann erschien Lehrer Hansen. »Guten Morgen, 8c!«
»Guuuuten Moooorgen!«, rief die Klasse. Hansen lächelte kurz und schnupperte den vertrauten Geruch im Zimmer. Es roch nach alter Kreide, nach nassen Jacken und nach Turnschuhen. Und über allem hing schar-

fer Kaugummigestank. Diese Gerüche machten ihn müde. Sie erinnerten ihn an viel zu viele Jahre in der Schule.

»Und jetzt zu uns und zum Norwegischunterricht«, sagte Hansen. Er versuchte sich fröhlich anzuhören. »Zuerst müssen wir den DREI-C wohl zum letzten SPUCK'S AUS gratulieren. Ihr seid wirklich groß eingeschlagen!«

Die Klasse grölte zustimmend los.

Hansen holte tief Luft.

»Aber vielleicht sollten wir doch ein paar Worte über ...« Er zögerte, dann fügte er hinzu: »... über das verlieren, was eure Anrufer so von sich geben.«

Hansen hörte, wie die Klasse unruhig wurde. Kein böses Wort über ihr SPUCK'S AUS, bitte sehr! Das wusste er nur zu gut. Aber er redete weiter.

»Viele haben ziemlich krasse Ansichten, nicht wahr?«

Er sah zuerst Carina an und die erwiderte seinen Blick voller Ernst.

Cato schaute in eine andere Richtung.

Und Casper sah erst die Klasse an, dann lächelte er. Die Klasse war auf seiner Seite.

Hansen seufzte und sagte: »Es rufen mehr Erwachsene an als Jugendliche. Viele Erwachsene mit sehr krassen Meinungen. Es fallen böse Worte, die Angst machen und verletzen sollen. Ich möchte gerne wissen, wie ihr das seht. Kann SPUCK'S AUS gefährlich sein?«
Hansen wusste, dass jetzt ein Sturm der Entrüstung losbrechen würde.
»Das ist doch alles nur ein Witz!«
»Norwegen ist ein freies Land! Das haben Sie selber gesagt!«
»Der Äther ist für alle da!«
Nur Casper, Carina und Cato schwiegen.
»Ja! Das meine ich ja auch noch immer.« Hansen musste schreien um sich Gehör zu verschaffen.
»Ruhe!« Catos Stimme übertönte den ganzen Lärm. Sofort war es still.
»Was wollen Sie uns eigentlich sagen?«
Hansen lächelte erleichtert.

»Wir dürfen unsere Meinung sagen, okay? Aber dann müssen wir auch Verantwortung übernehmen! Denn Meinungen können Schaden anrichten. Meinungen können ansteckend sein. Sie können Hass hervorrufen. Und Gewalt.«

»Also wirklich! Die DREI-C tun wirklich niemandem was!«, sagte Casper wütend.

»Nein.« Hansen war müde, musste die Sache aber zu Ende bringen.

»*Ihr* tut niemandem etwas. Ihr *lasst es nur geschehen!*«

»Wir machen einfach UNSERE ARBEIT, nämlich das zu senden, was die Leute sagen.« Casper hörte selber, dass ihm vor Wut fast die Stimme brach.

Die Klasse war ganz still. Und alle hörten Carina.

»Oi!«, sagte sie. Nur ein Wort. Aber wie!

Ein Wort wie eine Nadel, die in eine Seifenblase gestochen wird.

»Die DREI-C haben Macht! Vergesst das nicht! Benutzt eure Macht, so gut ihr könnt«, sagte Hansen mit sanfter Stimme und sah

Carina an. Jetzt konnte er ruhig die Bombe platzen lassen. Den Aufsatz zum Thema: Die Grenzen der Meinungsfreiheit, die Macht der Meinung, unsere Verantwortung.

Er hatte viel Stoff für die Klasse gesammelt, über Hass und Gewalt gegen Menschen mit anderem Glauben, anderer Kultur, anderer Hautfarbe. Vieles davon kannten sie ja schon, aber vielleicht war ihnen noch nicht aufgefallen, wie viel Ähnlichkeit Hitlers Gaskammern mit brennenden Flüchtlingsheimen in Norwegen hatten.

Natürlich ist es besser, wenn sie sich den Stoff selber suchen müssen, dachte Hansen, als er die Kopien verteilte. Davon lernen sie am meisten. Aber jetzt musste einfach darüber gesprochen werden, wie das alles zusammenhing. Ganz schnell. Und reden konnte die 8c schließlich.

Um ihn herum wurde gemurmelt und getuschelt und Hansen lächelte zufrieden. Es war eine feine Klasse. Er wusste, was sie machen würden: zuerst laut herumjammern, dann leise mit Nachbar oder Nachbarin quengeln, schließlich ganz ruhig lesen. Und dann würden sie fragen: »Wie viel Zeit haben wir? Wie viele Seiten? Dürfen wir in Gruppen zusammenarbeiten?«

»Drei Wochen. Ihr könnt es euch aussuchen, Tatsachen oder Erfundenes. Macht es so, wie es euch am liebsten ist. Aber vergesst nicht, es soll fetzig sein!«

Die ganze 8c grinste.

Es klingelte. Hansen war nicht mehr müde. Plötzlich waren alle Gerüche lieb und vertraut.

KAPITEL 8

Casper, Carina und Cato gingen schweigend zum Fußballplatz. Der war leer. Es wehte ein viel zu scharfer Wind. Sie standen ein Stück voneinander entfernt, als ob zwischen ihnen ein Ball läge und niemand wüsste, wer ihn antreten sollte. Casper konnte sich nicht mehr beherrschen.

»Also dieser Hansen! Was für ein Sauertopf!«

»Lass den Quatsch«, sagte Cato schroff. »Hansen hat Recht. Wir haben Macht. Und das weißt du!«

»Also echt! Wir sind das doch nicht, die ...«

»Red kein Blech!« Carinas Stimme war kalt wie der Wind. Casper wünschte plötzlich, er hätte die Klappe gehalten.

»Na gut«, sagte er. »Reden wir über den Aufsatz. Machen wir den zusammen?«

»Das hat Zeit. Jetzt reden wir über die *Frau*«, sagte Carina.

»Und wie sollen wir die finden?«, fragte Cato kurz.
Casper glotzte nur.
»*Finden?* Wen denn?«, fragte er und dachte dabei an das Echo einer Stimme, die er lieber vergessen hätte.
»Wirklich, Casper«, sagten die beiden anderen. Wie aus einem Munde.
»Das geht uns doch nichts an!« Er wollte sich verteidigen.
»Sie braucht Hilfe«, sagte Carina.
»Ehe es zu spät ist.« Das war Cato einfach so herausgerutscht. Er hatte sich das noch gar nicht überlegt. Den anderen ging es auch so.
»Das ist doch bescheuert!«, pöbelte Casper. »Was wisst ihr, was ich nicht weiß? Spuckt's aus!«
»Es geht um SPUCK'S AUS«, sagte Cato. »Und um die Frau, die schon dreimal angerufen hat ohne zu sagen, was sie will.«
»Weil sie hier fremd ist oder Angst hat«, sagte Carina.
Casper lachte los. Aber nicht, weil er das

komisch fand. Es war ziemlich unheimlich. Er lachte, weil Carina und Cato sich anhörten wie Tick, Trick und Track.
»Tut mir Leid«, sagte er verlegen. »Aber woher wisst ihr das überhaupt? Wir verstehen doch gar nicht, was sie sagen will.«
»Denk doch mal nach!«, sagte Carina hart.
»Liest du keine Zeitungen, Casper? Und siehst du nie die Fernsehnachrichten?«, fragte Cato. »Du weißt schon, über die Menschen, die nach Norwegen fliehen müssen. Die sonst nirgendwohin können.«
Casper starrte die beiden stumm an. Störrisch.
»Die, die hier niemand haben will. ›Schmarotzer‹, werden sie genannt. Oder ›Kanacken‹«, sagte Carina leise.
»Du hast gehört, wie das in SPUCK'S AUS ausgespuckt wird, oder nicht?«

Sie hätte ihn genauso gut ins Gesicht schlagen können.
Caspers Augen wurden groß und er schnappte nach Luft. Er kam sich plötzlich

wie ein kleines Kind vor und hätte einfach losheulen können.
»Daran habe ich nicht gedacht«, keuchte er.
Carina legte ihm die Arme um den Hals.
»Ich auch nicht«, sagte sie leise. »Erst als Hansen nach SPUCK'S AUS gefragt hat, ist mir aufgegangen, was wir da machen.«
»Vielleicht versteht sie nicht den ganzen Dreck, den die Leute ausspucken?« Cato merkte selbst, wie dämlich sich das anhörte.
»Was für ein Trost!« Casper hatte sich fast wieder gefangen. »Alles klar. Was machen wir also?«
Das hatte Cato sich schon überlegt. Sie musste dazu gebracht werden, wieder anzurufen, das war klar. Sie konnten eine fetzige Aufforderung machen, einen Rap.
Cato blickte Casper von der Seite an. Carina schwieg. Sie stand nur da und lächelte. So hatten die Jungen sie noch nie gesehen.
Sie schmiedeten Pläne, bis es zur Stunde schellte. Erst dann merkten sie, wie kalt es war.

»Nur eins kapier ich nicht«, keuchte Casper, als sie über den Platz rannten. »Warum ruft sie ausgerechnet uns an?«
Aber das wussten die beiden anderen auch nicht.

KAPITEL 9

Carina, Cato und Casper wurde diese Woche endlos lang. Sie hatten zu viel Zeit und doch zu wenig. Auf einmal. So war es sonst nie. Sie hatten vor ihren Sendungen schon längst kein Lampenfieber mehr. Das hatte sich gelegt, als sie zum ersten Mal für die 8c ein SPUCK'S AUS gemacht hatten.

Mit ihrem Aufsatz für Hansen hatten sie schon angefangen.
»Besser so«, meinte Casper. »Wenn ihr wollt, meine ich.«
»Aber sicher«, hatten Carina und Cato wie aus einem Munde geantwortet und dabei waren sie sich vorgekommen wie Tick, Trick und Track.
Es war eine schwierige Aufgabe. Sie hatten nicht das Gefühl, dass Hansen sie damit austricksen wollte. Das nicht. Nicht einmal

Casper glaubte das noch. Es war einfach so schwierig, weil sie dabei stinksauer wurden. Es kam ihnen die Wut über all die Gemeinheiten, die Menschen sich gegenseitig antaten. Und sie konnten die blutigen Bündel nicht übersehen, die in den Fernsehnachrichten gezeigt wurden, ehe die Ansagerin trocken verkündete, dass jetzt das Wetter an der Reihe sei.
Das Schlimmste ist, dass uns das keine Ruhe lässt, dachte Carina. Sie stand aus ihrem Bett auf und fühlte sich steif und erschöpft. Nicht im Körper. Nur im Kopf. Aber das war genauso schlimm. Jede Nacht hatte sie schreckliche Träume. Kaum hatte sie die Augen geschlossen und genoss das schöne Gefühl ohne eigenen Willen dahinzutreiben, da fing auch schon der Film an. Nicht weit weg wie im Fernsehen, sondern nah, ganz nah: starrende Augen und schreiende Münder, die schrien und schrien und einfach nicht aufhörten. Geräusche und Gerüche, die sie niemals vergessen würde. Ist es denn möglich, dass Blut wirklich so

riecht, ekelhaft und süß?, fragte sie sich müde. Und die Angst. Im Traum stank auch die Angst. Wie alter Schweiß.

Sie ging in die Küche hinunter, ließ sich auf einen Stuhl sinken und streckte die Hand nach der Teetasse aus. Sie hatte keinen Hunger. Ihr Kopf tat weh. Ihr war schlecht und ihre Mutter war gut gelaunt.

»Was ist denn los mit dir, Liebes?«, zwitscherte die Mutter. Sie war jetzt nicht mehr weit weg. Pål war nicht mehr da, aber er hatte versprochen demnächst eine Weile zu Hause zu wohnen.

Und jetzt bin ich an der Reihe, dachte Carina sauer. Ob sie mit leicht gekränkter Stimme sagen sollte, *als ich dich gebraucht habe, warst du nicht da, Mutter?* Dann würde die Mutter sich vor lauter Fürsorglichkeit geradezu überschlagen. Aber die Mutter war ja schließlich nicht schuld daran, dass Carinas Kopf nachts zum Fernseher wurde.

»Gar nichts«, sagte Carina laut und lächelte

müde. Aber ihr Lächeln war sofort wieder weg. Die Mutter sah sie an.

»Möchtest du jetzt darüber reden? Oder später?«

Kluge Mutter. Wenn Pål nicht da war, merkte sie alles. Auch dass Carina sich mit etwas anderem herumquälte als den vielen schrecklichen Dingen, die die Mutter bei Pål befürchtete.

»Später«, murmelte Carina.

Vielleicht würden sie die Mutter ja brauchen. Wenn die Unbekannte nicht anrief. Falls Carina es dann über sich brachte zu fragen.

KAPITEL 10

Casper lag in der Badewanne. Seine Schaumwolken waren größer denn je. Seine Zehen platschten im Takt. Eine Wolke nach der anderen löste sich auf. Es galt, den richtigen Rhythmus zu finden. Es war verdammt schwierig, durch einen Text *gebunden* zu sein. Noch schlimmer war es, wenn der Text so wichtig war. Casper seufzte und wand sich ein wenig. Seine Knie wurden jetzt schneller kalt, er war in der letzten Zeit ganz schön in die Höhe geschossen.

Sein Bauch war auch kalt. Obwohl der unter Wasser war. Kalt und schwer wie ein Eisklumpen, der nicht schmelzen wollte. Wenn das alles vorbei ist, wird der Klumpen schon verschwinden, tröstete er sich. Wenn es vorbei ist? Was, wenn sie nicht anruft? Wenn sie sich geirrt haben. Wenn die Unbekannte nur einen Witz machen wollte? Wenn ... Was würde Harald sagen? Bei dem musste doch alles unbedingt witzig und hip und cool sein. Bloß nicht ernst werden! Das wollen die Hörer nicht! Bisher war das kein Problem gewesen. Jetzt aber wohl. Caspers Rap würde kein Jux sein, nein. Der Eisklumpen in seinem Bauch wurde immer dicker.

Casper hatte eine miese Woche hinter sich. Er kam mit seinem Rap nicht weiter und mit seinem Teil des Aufsatzes auch nicht. Das Thema war einfach grausam. Aber er konnte es nicht an sich heranlassen. Er hatte das Gefühl von Wänden umstellt zu sein. Von Glaswänden. Einem Glashaus. Wie war doch noch das Sprichwort? Irgendwas über Leute in Glashäusern, die nicht mit Steinen werfen sollten. Aber er warf doch nicht mit Steinen. Er steckte nur einfach im Glashaus fest. Und nichts konnte zu ihm durchdringen. Nichts und niemand. »Du scheinst gerade eine Krise durchzumachen«, sagte sein Vater ganz ruhig. »Das kommt in deinem Alter häufiger vor.«

Was für ein spitzenmäßiger Trost! Krise? Casper wollte keine Krise. Er wollte so sein wie früher, als es noch keine Eisklumpen und kein Echo einer Stimme gegeben hatte. Froh. Munter. Und zufrieden mit sich selber.

Er wollte sich nicht die ganze Nacht immer wieder die Aufnahmen der Sendungen anhören. Versuchen herauszufinden, woher sie wohl kam. Sie sprach ziemlich gut Norwegisch. Aber ihre eigene Sprache ... gehörte die in ein europäisches Land? Oder nach Asien? Oder Afrika? Aber so hörte sie sich nicht an.
Und wenn er sich die SPUCK'S AUS-Bänder anhörte, konnte er eben auch das Gift hören, das die Luft erfüllte, während die DREI-C juxten und lachten und noch ein fetziges Stück spielten.
Öde Leute, dachte er. Nützliche Idioten, dachte er dann. Wo hatte er diesen Ausdruck wohl schon gehört? Egal. Auf jeden Fall passte er. Casper hatte das Gefühl sich

selbst im Supermarkt im Schaufenster zu sehen. Nackt. Und dabei hatte er geglaubt, er hätte seine Kleider an.

KAPITEL 11

Als Hansen am Freitagmorgen in die Klasse kam, wusste er sofort, dass hier die Krise herrschte. Das verrieten ihm brechende Stimmen, glänzende Augen und Wangen mit roten Flecken.
Hansen lächelte. Wie gut, dass es so schnell gewirkt hatte.
»Wir werden doch darüber reden?«, fragte Tor mit dem festen Blick, noch ehe Hansen sein »Guten Morgen, 8c« sagen konnte.
»Von mir aus gern«, antwortete Hansen freundlich. »Aber wollt ihr nicht lieber erst in Ruhe arbeiten? Ohne dass ich eure Ansichten beeinflusse. Wir können doch stattdessen über eure *Vorgehensweise* sprechen.«

Die 8c war daran gewöhnt, dass Hansen mit gewaltiger Betonung redete, wenn er glaubte, sie würden ein Wort nicht verste-

hen. Oft nutzten sie das aus um Zeit zu schinden. Heute war das nicht so.
»Die VORGEHENSWEISE!« Tor spuckte dieses Wort förmlich aus. »Wie wir arbeiten ist nicht das Problem. Wir selber sind das Problem.«
Tor streckte die Hand aus. »Sehen Sie sich doch um. Die eine Hälfte der Klasse steht auf der einen Seite. Und der Rest auf der anderen. Wir sind fast schon Feinde!«
Die 8c nickte stumm.

Komisch, dieser Tor, dachte Hansen. Tor war der Einzige, der so etwas sagen konnte, ohne dass die anderen sich verpfiffen fühlten.
»Na gut«, sagte Hansen. »Worüber wollt ihr reden?«
Alles schwieg. Lange. Niemand wollte den Anfang machen. Hansen konnte sich denken, worüber sie sich gestritten hatten. Am besten brachte er es gleich zur Sprache. Er drehte sich um und schrieb SOLIDARITÄT an die Tafel. Hinter ihm wuchs die Unruhe.

Er hatte voll ins Schwarze getroffen. Hansen verschränkte die Arme und die Klasse legte los.

»Wir können uns nicht um alle kümmern.«

»Wir haben keinen Platz und kein Geld.«

»Wir müssen uns um unsere eigenen Leute kümmern.«

»Aber tun wir das denn überhaupt?«

»Viele schmarotzen nur und wollen gar nicht arbeiten.«

»Das kommt ja wohl auch bei Norwegern vor!«

»Wir sind doch nicht schuld daran, wenn bei denen Krieg ist.«

»Und wer liefert ihnen die Waffen?«

Sie machten sehr lange so weiter und Hansen staunte darüber, wie wichtig das der 8c zu sein schien. Und wie wichtig es ihnen war, dass er zuhörte, aber sich nicht einmischte.

Ohne die Klasse anzusehen schrieb er MORAL an die Tafel und hörte die 8c aufstöhnen.

»Klingt das schrecklich?«, fragte er. »Nach den Zehn Geboten und alten Zeiten. Du sollst – du sollst nicht?«
Die Klasse nickte grinsend.
»Moral haben wir alle«, sagte Hansen. »Aber wir entscheiden selbst, ob sie schläft oder so wach ist, dass es wehtut. Moral bedeutet, auch die andere Seite zu sehen. Oder: Was du nicht willst, das man dir tu, das füg auch keinem andern zu.« Hansen legte eine Pause ein und sah sich um. »Moral gibt es in der 8c genug. Das wisst ihr genau.«
Er sah errötende Gesichter und Blicke, die sich auf Casper richteten.
Aber Casper war nicht bei ihnen. Er war weit weg. Vielleicht am selben Ort wie Carina und Cato, überlegte Hansen. Die DREI-C waren verstummt, seit er der Klasse das Aufsatzthema gegeben hatte.
Und plötzlich sagte Tor: »Das ist nicht alles. Haben Sie das Aufsatzthema ausgesucht, um den DREI-C eins auszuwischen?«
Hansen sah die DREI-C an und sagte ener-

gisch: »Nein! Ich habe dieses Thema ausgesucht, damit wir alle versuchen Rücksicht auf andere zu nehmen. Zu fühlen und zu verstehen, ganz so, als ob wir das wären, denen das alles passiert.«

»Und zu handeln«, murmelte Carina leise. Sie wusste, das war jetzt die Aufgabe der DREI-C.

KAPITEL 12

Carina, Cato und Casper sahen den Tontechniker hinter der Glasscheibe an.
»Sendebereit. Fertig!« Seine Stimme hallte in ihren Ohren wider. Er lächelte. Sie lächelten auch. Es war der Nette. Der, der sie lobte. Und Geduld hatte.
Sie saßen hinter ihren Mikrofonen um den kleinen Tisch. Die Aufgaben waren verteilt. Alles war bereit. Vor Carina lag ein Stapel Briefe und Postkarten. Vor Cato lag die Liste der Musikstücke. Vor Casper lag ein zerknüllter Zettel mit einem Text, den die anderen noch nicht gehört hatten.

Die rote Lampe leuchtete auf und dann kam ihr Erkennungsstück. Casper wischte sich noch einmal die Hände an der Hose ab und holte Luft.
Noch nie waren die Worte so schnell, so

rhythmisch aus ihm herausgesprudelt, darüber, im Glashaus zu sitzen, allein zu sein, drei Versuche zu machen, durchzukommen und doch nicht verstanden zu werden.
»RUF WIEDER AN! WIR WARTEN!«, endete Casper. Es hörte sich fast so an, als wären alle damit gemeint. Aber sie wussten, es galt nur für die Unbekannte.

Casper atmete auf. Cato sagte das nächste Lied an. Carina beugte sich über den Tisch und nahm Caspers Hand. Die Hand war kalt und zitterte.

Sie schwiegen, während das Lied ablief. Das taten sie sonst nie. Sie warteten nur auf den Anruf. Viele riefen an. Und jedes Mal fuhren sie zusammen. Manche Anrufe waren in Ordnung. Andere waren reichlich widerlich. Ein Typ wollte eine Mauer um Europa bauen. Um die Kanacken auszuschließen, sagte er. Was die DREI-C davon hielten?

»Klingt ziemlich beknackt«, sagte Cato mit scharfer Stimme.
Ein anderer Typ keuchte los, als Carina sich meldete. Das sollte sicher ein Witz sein. Aber Carina spürte, dass sie bis in die Zehen hinein rot anlief, und sie antwortete kurz: »Falsche Nummer. Das hier ist nicht die Schweinelinie.«
Der Tontechniker fuchtelte hinter seiner Glasscheibe mit den Armen in der Luft herum.
»Soll ich die Anrufe abwimmeln?«
»Nein!«, fuchtelten die DREI-C zurück.
Sie warteten gespannt und schauten auf die Uhr, während Cato die Musik ansagte, Carina die Briefe vorlas, die sie ausgesucht hatten, und Casper über Gott und die Welt plauderte.

Sie hatten noch drei Minuten, als das Telefon klingelte.
»Mach du das, Carina«, flüsterte Casper. Carina hatte nach dem keuchenden Mann keinen Anruf mehr angenommen. Da ruft

jemand aus einer Telefonzelle an!, dachte sie.
»Hallo«, sagte sie freundlich. »Wer ist da?«
Stille. Nur leiser Verkehrslärm. Wie auf einer Landstraße.
›Nun sag schon‹, bat Carina in Gedanken. ›Bitte, melde dich.‹
Und dann kam die Stimme, die sie schon kannten. Nur ein Wort sagte sie. Sie hörten es alle drei. »Casper.« Und dann lauter: »*Casper!*« Noch ehe Carina Casper ein zustimmendes Zeichen geben konnte, hatte er sich auch schon vorgebeugt und hauchte ins Telefon: »Hallo. Wir warten schon auf dich!«
Nicht: Wer bist du? Was willst du? Sondern: Wir warten schon auf dich. Mit samtweicher Stimme.
Carina spürte einen Kloß im Hals. Sie hörten ein Seufzen. Das klang ja fast wie eine gerissene Saite, dachte Cato verblüfft.
Und dann kam es. Ganz klar.
»Mach, dass sie aufhören, Casper. Ich kann das nicht mehr ertragen.« Dann kam ein

langer Satz, den sie nicht verstanden, und dann: »Ich hab solche Angst!« Ganz leise.
»Nicht auflegen!« Carina schrie fast. Casper warf ihr einen eiskalten Blick zu und sie hätte sich am liebsten die Zunge abgebissen.
»Wir möchten dich treffen«, sagte Casper freundlich. »Sag, wo du bist, dann kommen wir.«
Cato und Carina glotzten ihre Mikrofone an. Als könnten sie die Unbekannte damit hervorzaubern. Der Tontechniker gab ihnen ein Zeichen, weil ihre Sendezeit zu Ende war.
Nicht abbrechen, bitte!, winkte Cato.
»Alles klar«, antwortete der Tontechniker.
»Kannst du mich hören?«, fragte Casper freundlich.
Die Antwort kam zögernd, leise:
»Asylbewerb...« Den Rest des Wortes konnten sie nicht mehr hören. Dann kam »Tankstelle ... Kreis ...«
KLICK.
Carina hätte heulen können. Sie sah den

Tontechniker an. Er hatte am Ende ihres Stückes die Mikrofone abgedreht.
Hinter ihm stand Harald und fauchte. Jetzt hatte er nämlich Sendung. Und die DREI-C hatten um eine Minute überzogen.
»Wir klären das zusammen«, sagte Cato kurz und ging hinaus.
»Ich hab jetzt keine Zeit«, blaffte Harald. »Aber wartet nur. Ihr habt gegen alle Regeln verstoßen. Gegen *alle!*«
Er jagte an ihnen vorbei.
Der Tontechniker grinste. »Was für eine Sendung! Macht euch auf eure Strafe gefasst! Aber ihr habt gekriegt, was ihr wolltet, nicht wahr?«
»Können wir das Band jetzt sofort haben?«, fragte Casper eilig.
Der Tontechniker schwenkte das Tonband. »Aber sicher. Viel Spaß!«

KAPITEL 13

Casper, Cato und Carina standen auf der Treppe von dem alten Haus, in dem das Lokalradio sein Studio hatte. Sie fröstelten im Wind und sahen sich lange gegenseitig an, dann johlten sie los und stupsten sich gegenseitig in den Rücken.

»Mein Held!«, seufzte Carina und verdrehte die Augen. Es klang so, wie sie das gewollt hatte, wie in einem alten Film. Casper grinste verlegen.

»Jetzt müssen wir die nächste Nuss knacken«, sagte Cato trocken. »Wir müssen sie finden. Und das ganz schnell. Ehe sie sich die Sache anders überlegt oder erfriert.«

»Die Taxis!«, rief Carina.

Sie lief schon über die Straße zum Taxistand.

»Die Fahrer kennen sich doch überall aus.«

Sie brauchten ein Weilchen um alles zu erklären, sie hatten ja nur Bruchstücke gehört. Ein Asylbewerberheim. In der Nähe liegen eine Tankstelle und ein Kreisverkehr. Aber der Taxifahrer, den sie fragten, war nett und er wartete geduldig, bis sie sich darüber geeinigt hatten, was die Unbekannte gesagt hatte.

»Ich glaube, ich weiß, wo das ist. Wenn ihr Geld habt, dann steigt ein.« Er lächelte Casper an, während er das sagte. Casper sah schrecklich verlegen aus.

»Wir haben nicht viel bei uns«, sagte er vorsichtig.

»Gebt mir dreißig Kronen«, sagte der Fahrer. »Das reicht. Ich mache ohnehin jetzt Feierabend und muss in dieselbe Richtung.«

Das ließen die DREI-C sich nicht zweimal sagen. Sie drängten sich auf dem Rücksitz des Taxis zusammen und überlegten sich, was sie getan hatten und was jetzt noch zu tun war. Alle drei hatten das Gefühl, dass etwas passieren würde. Etwas, womit sie nicht gerechnet hatten. Das war ein scheußliches Gefühl. Während sie die Hänge hochschaukelten, füllte die Dunkelheit sich mit süßer, fremder Musik. Die Stimme der Sängerin schlich sich in ihre Ohren und Cato bekam dabei Gänsehaut auf den Armen.

»Popmusik aus Pakistan«, sagte der Fahrer und erzählte von seiner Frau und den Kindern, die hier gewohnt hatten, die aber Angst davor gehabt hatten, noch länger zu bleiben.

»Der Rassismus wächst, nicht wahr?«, sagte er.

»Das kann man wohl sagen«, antwortete Carina.

Der Fahrer verlangsamte das Tempo.

»Hier ist der Kreisverkehr. Und dahinten die Tankstelle. Das Flüchtlingsheim liegt ungefähr fünfhundert Meter weiter. Schwarze Baracken. Wo soll ich halten?«, rief er um die Musik zu übertönen.

»Hier!«, antworteten die DREI-C wie aus einem Munde. »Danke.«

»War nett, mit euch zu reden«, sagte er, drückte kurz aufs Gaspedal und war verschwunden.
Die drei standen am Verteilerkreis. Es war ganz still. Und fast ganz dunkel.

Sie versuchten in die Dunkelheit hineinzuschauen, die den Wald erfüllte und sich über der Straße zusammenballte. Sie warteten und horchten. Aber alles war öde und tot.
Carina fror und verlor allen Mut. Sollten sie nun hier herumlungern oder nach der Unbekannten und der Telefonzelle suchen?
»Was für Helden!« Sie versuchte zu lachen. »Da wollen wir eine vor ... irgendwas retten und dann schaffen wir es nicht mal, sie zu rufen!«
»Aber wir können pfeifen!«, meinte Cato. Und sie pfiffen immer wieder die Erkennungsmelodie von SPUCK'S AUS. Und kamen sich reichlich idiotisch vor, in der Dunkelheit, an der Straße, auf der sich nichts rührte.

Aber dann hörten sie etwas. Ein leises Geräusch, wie nackte Füße, die durch Gras laufen. Sie spitzten die Ohren, pfiffen lauter und hörten, wie das Geräusch näher kam, vorsichtig, zögernd. Ein Auto kam mit weißen Scheinwerfern auf sie zugesaust. Und in diesem Licht sahen sie, wie sie fiel, auf Casper zu, der ihr am nächsten stand und sie auffing. Wieder war alles schwarz. Das Mädchen hing schlaff in Caspers Armen. Und niemand hatte auch nur ein Streichholz.

»Das ist die Strafe dafür, dass wir nicht rauchen«, sagte Cato. Er hatte solche Angst, dass er nur noch kichern konnte. Auch Carina kicherte.

»Nun macht schon! Helft mir! Sie ist ohnmächtig!« Casper klapperte mit den Zähnen und konnte fast nicht reden.

»Wir tragen sie ins Licht«, sagte Carina kurz. Casper nahm die Beine der Unbekannten, Cato die Arme, Carina hielt ihren Kopf. Sie war nicht schwer. Sie war leicht. Viel zu leicht, ihre Arme und Beine waren

wie dünne Flügel. Wie eiskalte, nasse Flügel, die sich um den mageren Körper schlangen, als sie sie vor der Tankstelle auf den Boden legten.
Sie starrten sie an und holten Luft. Im harten weißen Licht sah sie noch trauriger aus. Lange schwarze Haare, nasse Strähnen über einem fahlen Gesicht, geschlossene Augen. Sie atmete. Das sahen sie. Und alle drei starrten die Unbekannte voller Angst an. Starrten und starrten und Carina wurde so schlecht von dem, was sie da sah, dass sie sich am liebsten erbrochen hätte: Hände, die schmal und blass sein sollten, aber von dicken, unregelmäßigen Narben überzogen und unförmig angeschwollen waren.
Gestrandet, dachte Carina. So sah das Mädchen aus. Wie ein an einem öden Strand angeschwemmtes lebloses Wesen.

Die Unbekannte öffnete die Augen und hob den Kopf. Sie sah die drei an und schloss mit leisem Seufzen wieder die Augen.

»Ich seh mal nach, ob zu der Tankstelle auch ein Café gehört«, flüsterte Carina. »Versucht solange sie auf die Beine zu bringen.«

Carina musste einen Moment allein sein. Unterwegs schluchzte sie immer wieder auf.

Die Tankstelle hatte ein Café und das war leer. Carina machte kehrt und rannte zu den anderen zurück, dabei brannte ihr Magen wie Feuer.

Cato und Casper hatten die Unbekannte auf die Beine gebracht und sie ging brav zwischen ihnen. Carina sah, dass sie ihr etwas zuflüsterten und dass sie nicht auf diese tröstenden Worte achtete. Das sah Carina ihr an den Augen an. Die waren groß, blank und sehr weit weg.

Nach einer Stunde und vier Gläsern Limo hatte die Unbekannte Leben in den Augen und Farbe im Gesicht. Sie und Carina waren dreimal auf dem Klo gewesen und jedes Mal hatte die Unbekannte sich erbrochen.

Carina war das nur einmal passiert. Nie hätte sie gedacht, dass Kotzen so schön sein kann. Die Unbekannte hatte eine schreckliche Geschichte erzählt, viel schrecklicher, als die anderen sich vorstellen konnten. Sie kam aus Restjugoslawien. Und sie war Muslimin. Sie war erst vierzehn Jahre alt. Stockend erzählte sie von ihren Eltern, die ermordet worden waren. Von ihrer erschossenen Schwester. Und dann schwieg sie sehr lange.
Casper, Cato und Carina warteten ab. Die Unbekannte versuchte weiterzureden. Sagte etwas von einem Brand, aber dann kam sie nicht mehr weiter und wurde grün im Gesicht. Carina half ihr ganz schnell auf die Toilette und Cato holte neue Limo.
Casper saß wie festgefroren auf seinem Stuhl. Seine Lippen zitterten. Es war unmöglich, die Unbekannte zum Weiterreden zu bringen. Sie kam einfach nicht an dem Wort »Brand« vorbei. Casper, Carina und Cato stellten keine Fragen. Sie wussten, dass sie damit an eine offene Wunde

gerührt hätten. Sie sahen die Hände, die die Unbekannte immer wieder unter dem Tisch versteckte, und wussten, dass die Narben vom Brand herstammten.

KAPITEL 14

Casper graute es an diesem Abend vor dem Einschlafen. Die Stimme aus seinem Traum hatte nun einen Namen, einen Körper und Schmerzen und alles war so nah, dass er es einfach nicht schaffte, die Augen zuzumachen. Allein war das nicht auszuhalten. Es tat gut zu wissen, dass es Carina und Cato an diesem Abend auch nicht anders ging als ihm.

Das Schlimmste war es gewesen, hilflos am Cafétisch zu sitzen, während sie sich abmühte um an diesem Wort vorbeizukommen. Und dann war sie in Ohnmacht gefallen. War auf den Boden gerutscht.

Die DREI-C waren in Panik geraten. Der Besitzer des Cafés aber hatte die Ruhe bewahrt, das Café geschlossen und gesagt: »Ich fahre sie nach Hause. Kommt mit.«

Unterwegs versuchten sie die Unbekannte zu trösten. Sie redeten auf sie ein und streichelten sie überall, nur nicht an den entstellten Händen.

Sie wollte selbst gehen, als sie vor den Baracken anhielten, aber sie blieb dicht neben Carina. Als ob sie eine Stütze brauchte. Nebeneinander gingen die beiden vor den Jungen ins Haus.

Cato, Casper und Carina waren noch nie an einem solchen Ort gewesen. Hatten noch nie so viele von Trauer erfüllte Augen gesehen. Hatten nie gewusst, dass Verzweiflung dampft wie der Docht einer ausgeblasenen Kerze.

Ein Norweger kam ihnen entgegen und legte den Arm um das Mädchen.
»Ich gebe ihr ein Schlafmittel. Sie braucht jetzt erst mal Ruhe«, sagte er und wollte mit der Unbekannten weggehen. Aber die drehte sich um und sah die anderen an. Flehend.

»Wie heißt du?«, fragte Carina schnell.
»Yasmin.«
Ein kleines Lächeln begleitete diesen Namen.
Ein Name wie Musik, hatte Casper gedacht.
Er wusste jetzt, dass sie noch erfahren würden, was Yasmin von ihnen wollte.

KAPITEL 15

Am Samstagmorgen wurde Cato von der Sonne geweckt. Er fuhr aus einem bösen Traum hoch und dachte sofort wieder an den vergangenen Abend. Der war schlimmer gewesen als jeder Traum.

Im Haus war es still. Der Vater war mit dem Wort Gottes im Gefängnis. Cato musste in aller Ruhe mit Carina und Casper sprechen. Ohne seinem Vater alles erzählen zu müssen, all die Dinge, die wehtaten, wenn er nur daran dachte.

Sie schienen schon auf seinen Anruf gewartet zu haben und sie kamen sofort. Auch Casper und Carina konnten nicht über Yasmins Geschichte sprechen oder darüber, wie schrecklich es für Yasmin war, darüber reden zu müssen. Es gab so viel, was sie nicht wussten. Wie lange sie schon hier war. Was aus ihr werden sollte. Warum sie angerufen hatte und warum sie nach Casper gefragt hatte.

»Das ist doch klar wie dicke Tinte«, sagte Casper.

»Für mich nicht«, antwortete Cato sauer.

»Mir als Schwarzem ist das klar«, murmelte Casper.

Cato und Carina waren baff.

»Aber du bist doch Norweger, Mann!«, sagte Carina. »Niemand glaubt doch wohl, dass du ...«

»Ach was?«, fragte Casper trocken. »Denk doch mal nach. Wenn in der Schule von Rassen oder Rassismus die Rede ist, wen starren dann alle an?«

»Oi!«, sagte Carina und wurde rot.

»Na, das hat aber gesessen!« Casper grinste. »Aber, ehrlich gesagt, das macht mir nichts mehr aus. Ich weiß, dass ihr nie vergesst, dass ihr weiß seid. Ich vergesse nie, dass ich schwarz bin. Ich bin stolz darauf, Afrikaner zu sein.«

Carina wusste nicht, was sie sagen sollte.

Casper sagte ganz ernst: »Yasmin hat sicher gedacht, dass ich sie verstehen würde, wo ich doch schwarz bin und anders als die meisten Norweger. Sie ist ja auch anders, nicht wahr?«
»Aber woher weißt du, dass sie ...« Carina unterbrach sich. »Das Bild!«, sagte sie. »Das Bild von uns war doch mindestens zehnmal in der Zeitung!«
Es war ganz still und alle drei dachten an dasselbe: an SPUCK'S AUS, an den ganzen Fremdenhass, der dort zum Ausdruck kam und der vielleicht für irgendwen das Signal zum Feuerlegen sein konnte.
»Himmel!« Cato war blass geworden. »Wo machen wir denn da bloß mit?«
Casper starrte die Tischplatte an. Sein Mund war ein schmaler Strich. Cato und Carina wagten nicht sich zu bewegen. Erst nach langer Zeit brachte Casper es fertig, das zu sagen, woran er schon lange dachte. »Was glaubt ihr, was das für ein Gefühl ist ...« Er schluckte. »Zu wissen, dass ich ... ausgenutzt werde ...« Er verstummte.

Carina schaute ihm in die Augen. Sag jetzt nichts mehr, dachte sie. Das reicht.
»Wir wissen, was sie will«, sagte Cato laut und rasch. »Und deshalb machen wir es. Ganz einfach.«

Sie fuhren mit dem Rad zum Flüchtlingsheim und trafen dort den Mann, der sich am Vorabend um Yasmin gekümmert hatte. Er hieß Fredrik.
»Yasmin geht es gut«, sagte er. »Aber sie braucht viel Ruhe und Schlaf.«
Sie fragten, ob Yasmin in Norwegen bleiben dürfte oder ob sie abgeschoben werden würde.
»Das wissen wir noch nicht«, antwortete Fredrik traurig. »Sie hat keine Papiere. Sie kennt hier keinen Menschen. Sie hat keine Familie mehr. Sie ist krank. Nicht körperlich, ihre Brandwunden sind schon längst geheilt. Sie ist innerlich krank und braucht Hilfe. Sie kämpft mit einem schrecklichen Erlebnis, über das sie noch nicht sprechen kann.«

»Es hat mit dem Brand zu tun«, sagte Carina.
»Sicher«, antwortete Fredrik. »Und es muss ganz grauenhaft sein.«

KAPITEL 16

Carina, Cato und Casper hatten das Gefühl, dass die Woche nur so verflog. Jeden Tag passierte etwas.

Sie verbrachten den ganzen Sonntag miteinander und arbeiteten an ihrem Aufsatz für Hansen und am nächsten SPUCK'S AUS. Vor allem daran. Alles musste klappen, nichts durfte schief gehen.

Sie brauchten lange um wirklich den besten Plan zu machen.
»Das nächste SPUCK'S AUS wird sicher SCHLUSS AUS«, sagte Cato.
»Und wenn schon!«, fauchte Carina.
»Reg dich ab! Ich wollte das ja nur mal sagen.« Cato war sauer.
Casper grinste nur.
»Ich bin kein nützlicher Idiot.«

Am Montag erfuhr die 8c von der Sache. Und in allen Pausen wurden weitere Pläne geschmiedet.

Am Dienstag hatten viele aus der Klasse Briefe geschrieben. Um diese Briefe einzuwerfen fuhren sie mit den Rädern zu Briefkästen, die weit von der Schule entfernt waren.

Am Mittwoch rief Harald bei Casper an.
»Wir müssen über diese Sache reden, ihr wisst schon. Es sind haufenweise Klagen gekommen.« Das klang wie eine Drohung. »Und auch bitterböse Briefe.«
»Ach was?«, sagte Casper. »Wir haben in der Schule so viel zu tun. Können wir das nicht am Freitag nach der Sendung machen?«
Er grinste Cato und Carina an.
»Okay. Aber denkt dran: Wenn das noch einmal vorkommt, dann …«
Harald knallte den Hörer auf die Gabel, ehe Casper fragen konnte: Was ist dann?

Am Donnerstag arbeiteten alle drei an Caspers Text. Jetzt war nicht mehr die Rede davon, irgendetwas allein zu machen.

Am Freitag hatte niemand in der 8c das Bedürfnis über den Aufsatz zu sprechen und Hansen wollte wissen, ob sie allesamt Fieber hätten.

Jeden Tag riefen sie Yasmin an.
Sie wussten, dass Yasmin es nicht schaffte zu sprechen.
Sie hofften nur, dass sie ihnen zuhören würde.

KAPITEL 17

Casper schloss die Augen und ließ seinen Fuß den Takt treten und die Worte frei hervorströmen, über Krieg und Trauer, über Flucht und Schmerzen, über Verantwortung, die sie alle übernehmen mussten.

»Unsere Sendezeit für dich, Yasmin, für dich und alle, die so sind wie du, von uns, die sich nicht länger ausnutzen lassen wollen«, endete Casper.

Cato schob ganz schnell Sting hinterher: *I'll be watching you.* Die restlichen Stücke waren ähnlich, und zwischendurch spielte er Musik aus Afrika und überhaupt aus aller Welt.

Carina las die ausgesuchten Briefe vor. Briefe, in denen ihnen dafür gedankt wurde, dass sie sich um andere kümmerten. Briefe, die um mehr Sendungen wie die letzte baten. Und dann kamen die ersten Anrufe.

»Die stehen schon Schlange.« Der nette Tontechniker winkte ihnen zu.
Die DREI-C grinsten. Alles ging genau nach Plan, die 8c hatte ihre Lektion gut gelernt.
»Hansen kann sich auf die Aufsätze freuen«, sagte Carina beim nächsten Stück und kicherte vor sich hin.

Aber dann wurde die Tür aufgerissen und Harald kam hereingestürzt.
»Ihr seid *erledigt!*«, brüllte er. »*Schluss aus!* Kapiert?«
»Aber sicher«, antwortete Cato ruhig. Seine Hand lag auf dem Mikrofonknopf. Das Mikrofon war ausgeschaltet.
»Ich kann es gern einschalten. Dann können dich alle hören!«
Harald achtete nicht auf ihn. Er brüllte einfach weiter.
»Ihr verdammten Idioten! Ihr habt die Briefe gefälscht und eure Scheißfreunde zum Anrufen überredet!«
»Und was ist mit deinen Freunden, die anrufen?«, fragte Carina spitz.

»Sollen wir das senden oder nicht?«, brüllte Cato. Seine Hand zitterte über dem Knopf. Harald verstummte mitten in seinem Gebrüll über Kanacken und wurde blass. Er glotzte den Tontechniker hinter der Glasscheibe an, aber der musste gerade in seiner Umhängetasche herumwühlen.

»Jetzt haben wir die Macht«, sagte Cato. »Also entscheide dich.«

»Na gut«, knurrte Harald. »Ihr habt jetzt drei Minuten um euch zu verabschieden. Und ich bleibe hier stehen!«

Plötzlich hatten sie ein Gefühl wie am letzten Tag vor den Ferien. Dieses ganz besondere Gefühl von Freiheit. Eine wilde Seifenblase, tanzen, auf Händen laufen und ein bisschen weinen. Die DREI-C nutzten ihre Zeit gut und konnten alles darüber sagen, wie man dem Hass den Rücken kehrt. Und dann drehte der Tontechniker sie ab.

»Total Tick, Trick und Track«, lachte Cato, als sie an Harald vorbeigingen. »Mach's gut!« Sie winkten dem grinsenden Tontechniker zu.

Am nächsten Tag stand in der Zeitung, dass nachts beim Lokalradio eingebrochen worden war. Die gesamte technische Ausrüstung war gestohlen worden. Fredrik rief an und sagte, Yasmin wollte sie gern treffen, ehe sie zur Behandlung in eine andere Stadt fahren musste.

KAPITEL 18

Sie stand am Fenster und starrte hinaus in das Licht, das den ganzen Tag füllte. Ihre Hände lagen offen auf ihrem Schoß. So mussten sie liegen, während sie den anderen alles erzählte.
Nein, nein!, schrie es in ihrem Kopf. Das nicht! Das muss ein Geheimnis bleiben! Verlass dich nicht auf sie! Verlass dich auf niemanden!
Aber sie musste sich auf die drei verlassen, denn die hatten sich auf sie verlassen. Hatten den Hass aufgehalten, hatten es draußen, vor dem dunklen Raum in ihr selber, heller gemacht.

Sie hörte sie auf dem Flur. Lärmend. Lachend. Den großen, dunklen Casper, den dünnen Cato mit den braunen Locken und die schmächtige blonde Carina mit dem blauen Blick. Sie hatten Blumen in den Händen. Duftende Blumen in strahlenden Farben.

»Hallo«, sagte Carina.

Sie bückte sich und umarmte Yasmin.

»Hast du uns gestern gehört?« Caspers Augen lachten.

»Ja, danke«, sagte Yasmin leise.

Sie sah, dass die anderen ihre Hände nicht anblickten. Sie hob sie langsam. Ließ die roten Narben im Licht aufflammen.

»Meine Hände sind meine Zeuginnen.« Sie lächelte kurz. »Und deshalb sollen sie offen sein, wenn ich erzähle.«

Im hellen, warmen Zimmer, wo sich langsam der Duft der Blumen verbreitete, erzählte Yasmin von der Bombe. Die hatte sie genau geplant, damals in der Nacht, nachdem ihre Schwester vergewaltigt und erschossen worden war. Sie wusste, wo die Mörder wohnten. Ein Stück weiter in derselben Straße. Sie waren Brüder. Nachbarn, die sie immer gekannt hatte. Es war nicht schwer, die Bombe herzustellen. Und sie brauchte sie nur zu werfen. Sie wusste nicht, ob sie selber geschrien hatte oder nur die anderen. Sie wusste nicht, ob die anderen umgekommen waren oder nur sie selber.

Die Hände lagen still auf ihrem Schoß. Nackt. Neugeboren.
Casper nahm die eine. Ganz behutsam.
»Wir warten auf dich«, sagte er leise. »Vergiss das nicht.«
Yasmin sah die anderen lange an und sagte: »Danke, dass ihr gekommen seid.«
»Danke, dass *du* gekommen bist«, flüsterte Casper und schluckte.

Sie wussten nicht, was aus Yasmin werden würde. Sie wussten nur, dass Yasmin nicht mehr so war wie vorher. Und sie waren das auch nicht.

* * *

Zwei Wochen später passierte dann etwas ganz Fantastisches.
Ein Sender in Oslo wollte SPUCK'S AUS haben. Das neue. Nicht das von früher.
Jetzt waren sie in Gang gekommen. Und sie würden nie wieder aufhören.